WATCH DOGS
T O K Y O
01

Original: **Ubisoft**
Text: **Seiichi Shirato**
Zeichnungen: **Syuhey Kamo**

Inhalt

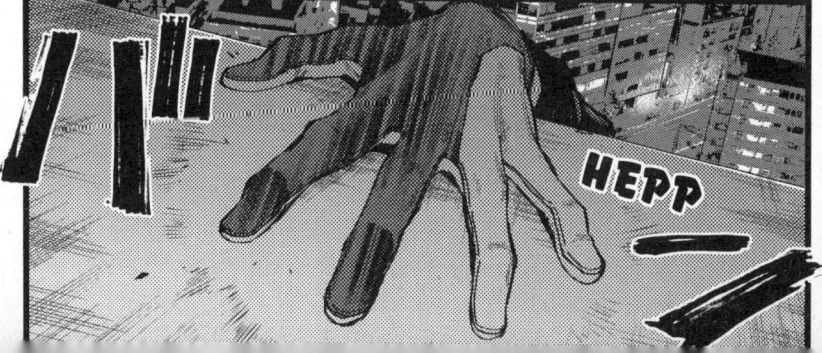

Episode 1: Nur Helden dürfen zu spät antanzen

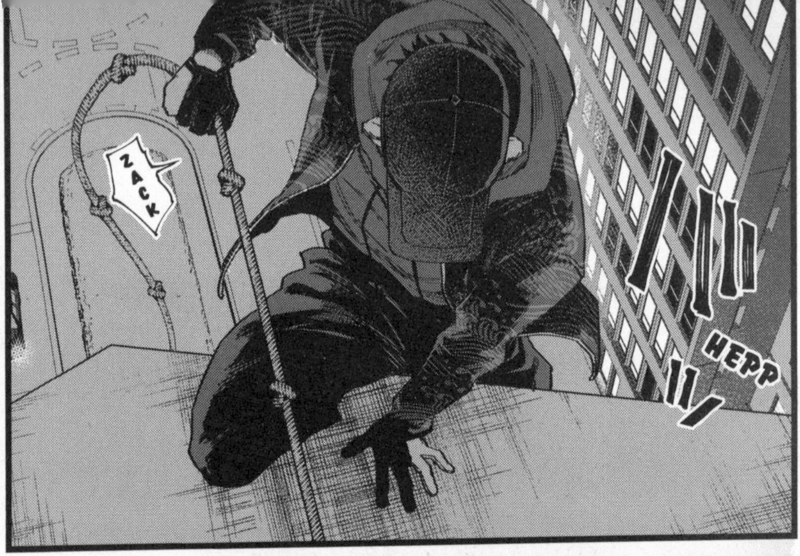
ZACK
HEPP

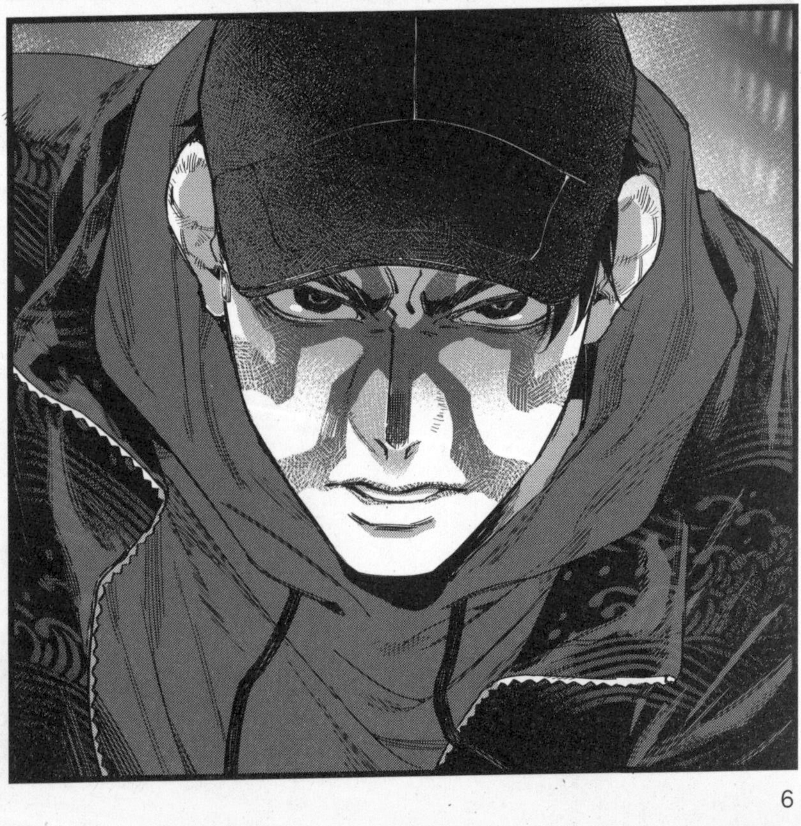

Gerechtig-keit? Dafür muss man das Recht auch ein-halten.

Aber ihr habt mich nicht für philoso-phische Dis-kussionen beordert, oder?

Und mit so frag-würdigen Aktionen wie dieser steige ich auch nicht auf.

Meinst du? Kann sein ...

Aber wir sorgen immerhin nur für Gerech-tigkeit!

Ganz genau.

Auf die Frage nach Gerechtig-keit gibt's keine Ant-wort.

Und selbst wenn ... Ich wär mit Sicherheit schon längst vor der Be-antwortung abgekratzt.

16

BIEP

motion

BIEP

ZZZT

KLICK KLICK

KNARR

WUPP

Die Sensoren sind aus.

Hi hi!

Hm!

Hm ... Mit diesem Gerät kannst du wohl tun und lassen, was du willst, was?

Ich habe mich ins Überwachungsnetzwerk gehackt und dafür gesorgt, dass alles so aussieht wie immer.

Wenn du mich fragst, sieht das nicht nach legaler Aktivität aus.

TIPPEL

TAPPEL

Starte Kamera. Initiiere Selfie.

Ich hinterlass denen ein Gaslgeschenk.

Und was soll das?

KNIPS

Wenn du irgendwo eindringst, musst du dich auch kenntlich machen.

Das gehört unter Hackern zum guten Ton.

Unsere Aufnahmen müssen nur gehypt werden und schon können wir unsere Botschaft schneller verbreiten!

Nachdem ich an unseren Biodaten rumgedoktert habe, lad ich das im Netz hoch.

Hä? Was soll denn das heißen?!

Ziemlich anstößig, die Botschaft.

Wenn man Leuten die Wahrheit verklickern will, braucht man halt 'n bisschen Wumms.

Was gibt's da Besseres als 'nen Kackhaufen?

Ein Kackhaufen auf dem Dach ist nicht die eleganteste Form von Propaganda.

Das ist keine Propaganda, sondern 'ne Message!

... ein bisschen mehr Stil vorgehen.

Also ich würde mit ...

Das hast du jetzt mit Absicht so »ausgedrückt«.

Mehr Wahrheit kann man nicht haben.

Von oben und von unten.

Wenn's gefährlich wird, kommt aus Menschen nur Scheiße raus.

FLAPP

FLAPP

K—

K—

Irgendwo auf dieser Etage liegt der Serverraum.

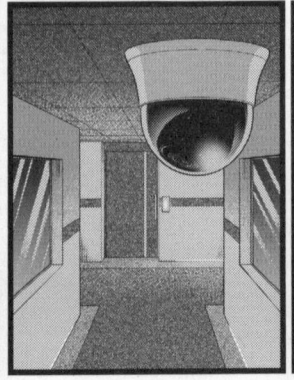

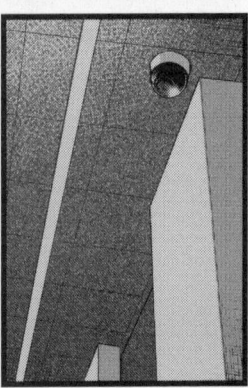

Es gibt zwar keine Wachen, aber zwei Wachroboter drehen ihre Runden.

BRRT

BRRT

BRRT

BRRT

Nice, wir wurden nicht erkannt!
Die wurden nicht nur zur Überwachung der Mitarbeiter, sondern auch zur Verifikation von Gesichtern implementiert.
Aber solange wir mit dieser Schminke rumlaufen, werden die uns nicht analysieren.
WOB
Leider greift dieser Trick nur bei der Kamerasoftware.
Die Roboter sind da etwas schlauer.
WOB
WOB
Ganz schön lästig.
Dann machen wir wohl einen Bogen um die.

スタ TIP

スタ TAP

Aber grad hab ich nicht so den Nerv dafür.

!

WOB

WOB

WOB

'Ne Schleichaktion klingt eigentlich nach 'nem geilen Kick ...

消火栓

ガッ ZAPP

Wachroboter SEC-02 ...

... infiltrieren!

ZZT ZZT ZZT ZZT ZZT

Systemcheck durchgeführt. Neustart.

PIIIII

WOBB WOBB

Hast du das Ding etwa gehackt?

Diese Kerle starten nach 'nem Fehler öfter mal neu.

Der ist für 20 Sekunden erst mal weg. Gehen wir!

PAT PAT

Der Serverraum ist hier.

Ich knack das Elektroschloss.

PI PIEP

PIIIII

Neustart abgeschlossen.

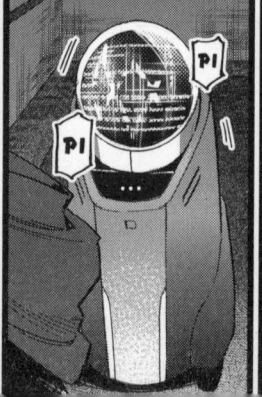

PI PI

...

WOB

PI

WOB

27

Eine Fledermaus ...
BIEEEP
Sie hat sich wohl durch die Dachtür hineinverirrt.
Dein Ernst?!
BIEEEP
So ist das eben bei Fledermäusen!
Die wollen immer spielen, was?
HUIUI
Sag mal, spinnst du?!
BIII
Die Wachen werden gleich hier sein!
Wer spinnt hier?!
Du holst dir die Daten.
Ich halt uns solange die Typen vom Hals.

TATAP
TATAP

Kam das Signal aus dieser Etage?

Jepp. Teilen wir uns auf und sehen uns um.

Was zum ...?!

Finden wir das gleich mal heraus.

Gute Frage.

Wie ist denn 'ne Fledermaus hier reingekommen?!

HIUUU

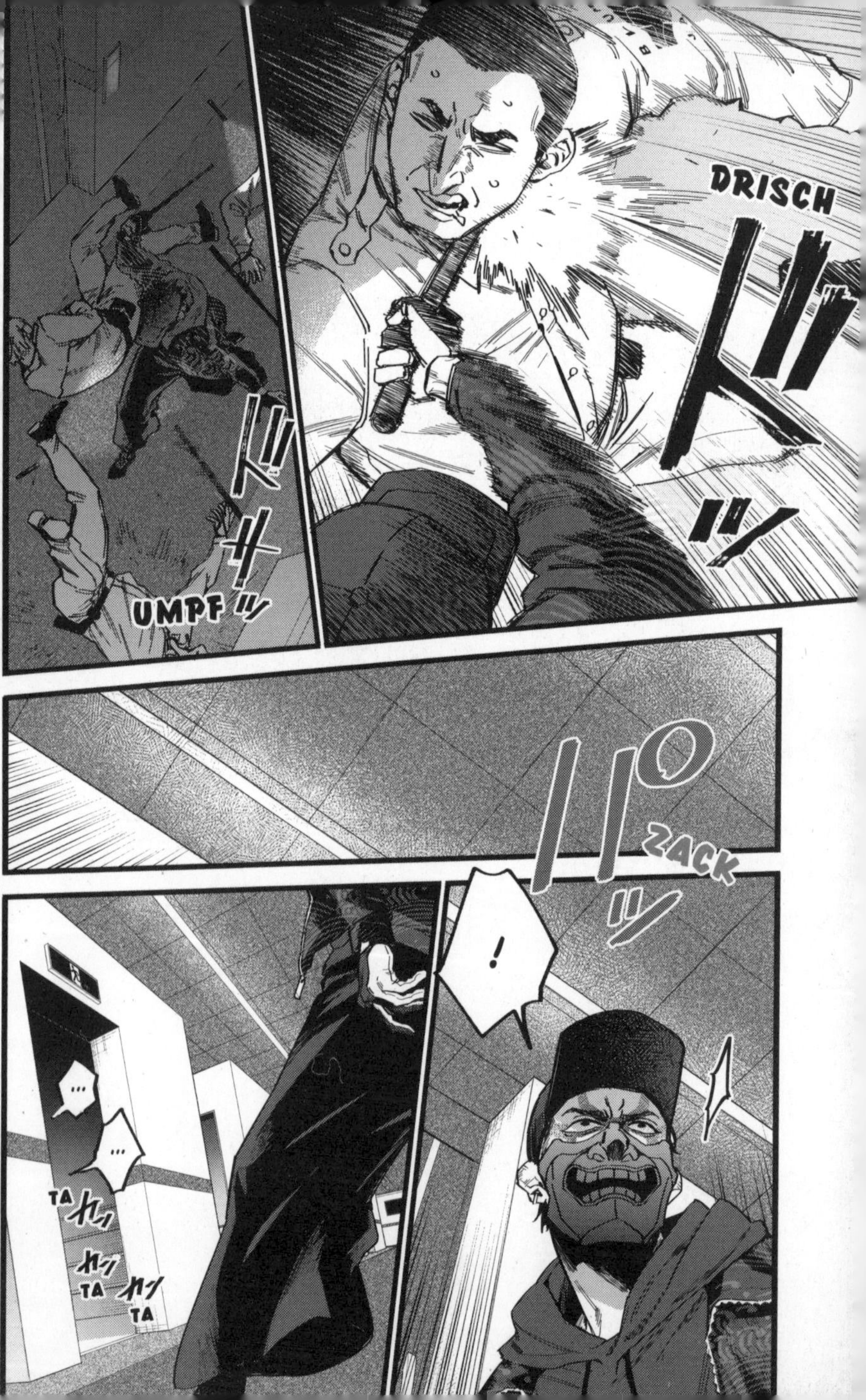
DRISCH
UMPF
ZACK
!
...
...
TA
TA
TA

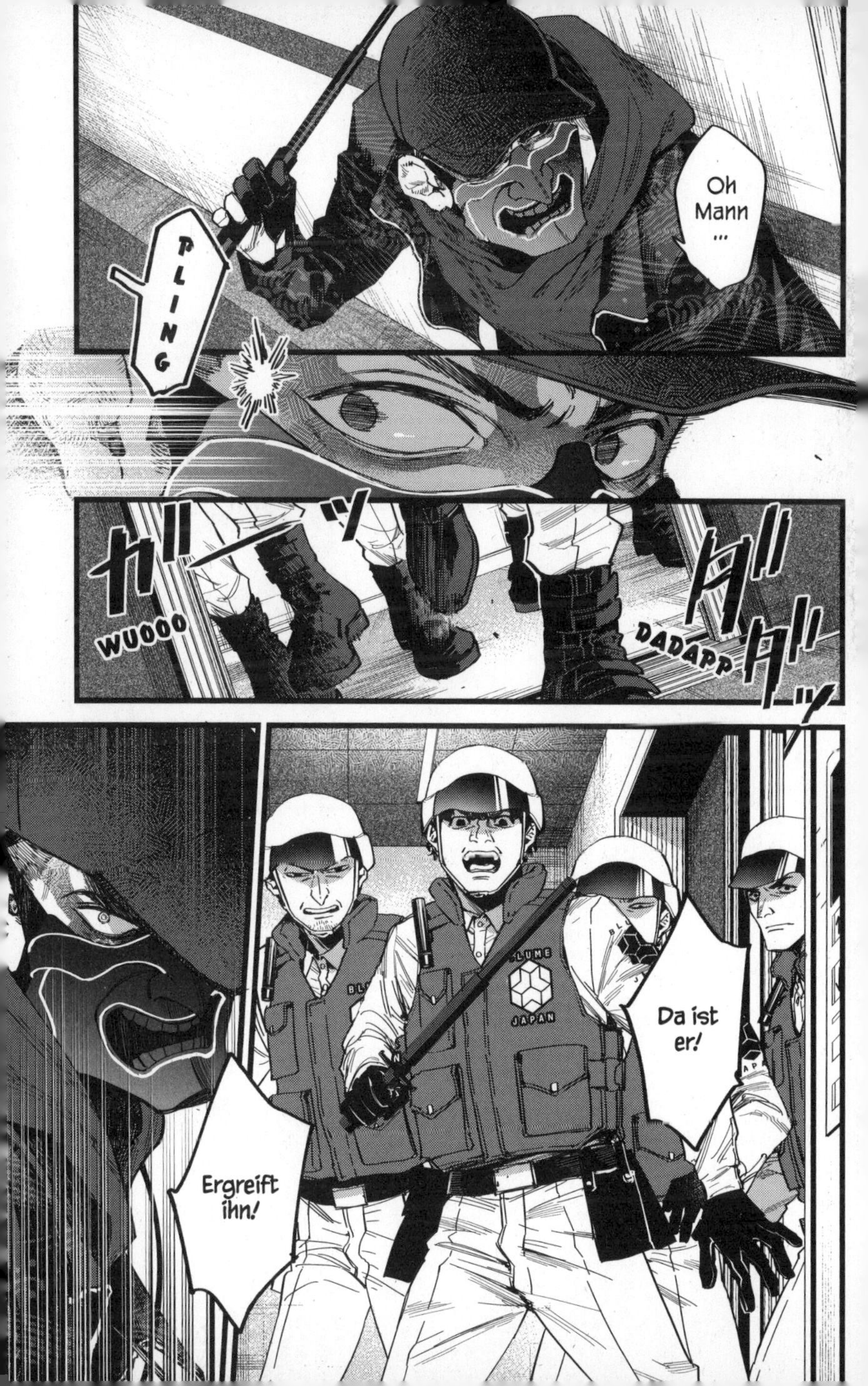
Oh Mann ...
PLING
DADAPP
WUOOO
Da ist er!
Ergreift ihn!

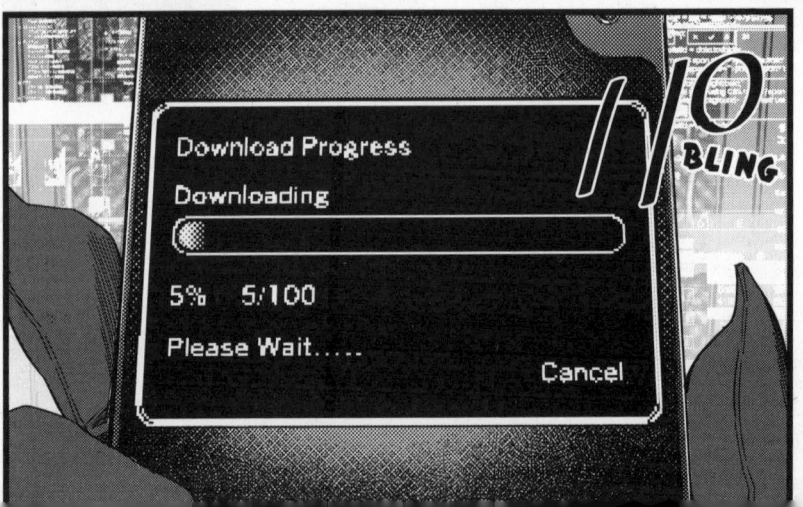

Rgh
....!

DOSCH

Gyargh!

HAAAH

Der hat schwach getroffen ...!

BOMP

PACK

Haltet ihn fest!

Nicht loslassen!

Mach schon ...!

79%   79/100   KIIIII

Downloading

KALING   KALING

100%   100/100

SSB.

Was ist?

Der Transfer ist erledigt!

Hm hmmm!

Oho!

KAPLOPP

KIWAMI PAINT

... DOB

DRISCH

So wird's eng für Goda.

Der Haufen wird ihn gleich überwältigen.

Hast du mir vorhin nicht zugehört ...

... Senju?

Wie viele sind's?

Sieben.

Alles Leute vom VP-Sondereinheitskommando.

IIEK

IIIEK

Bei was denn?

Bist du immer noch nicht fertig, SSB?

KIWAMI PAINT

WATCH DOGS
T●KYO

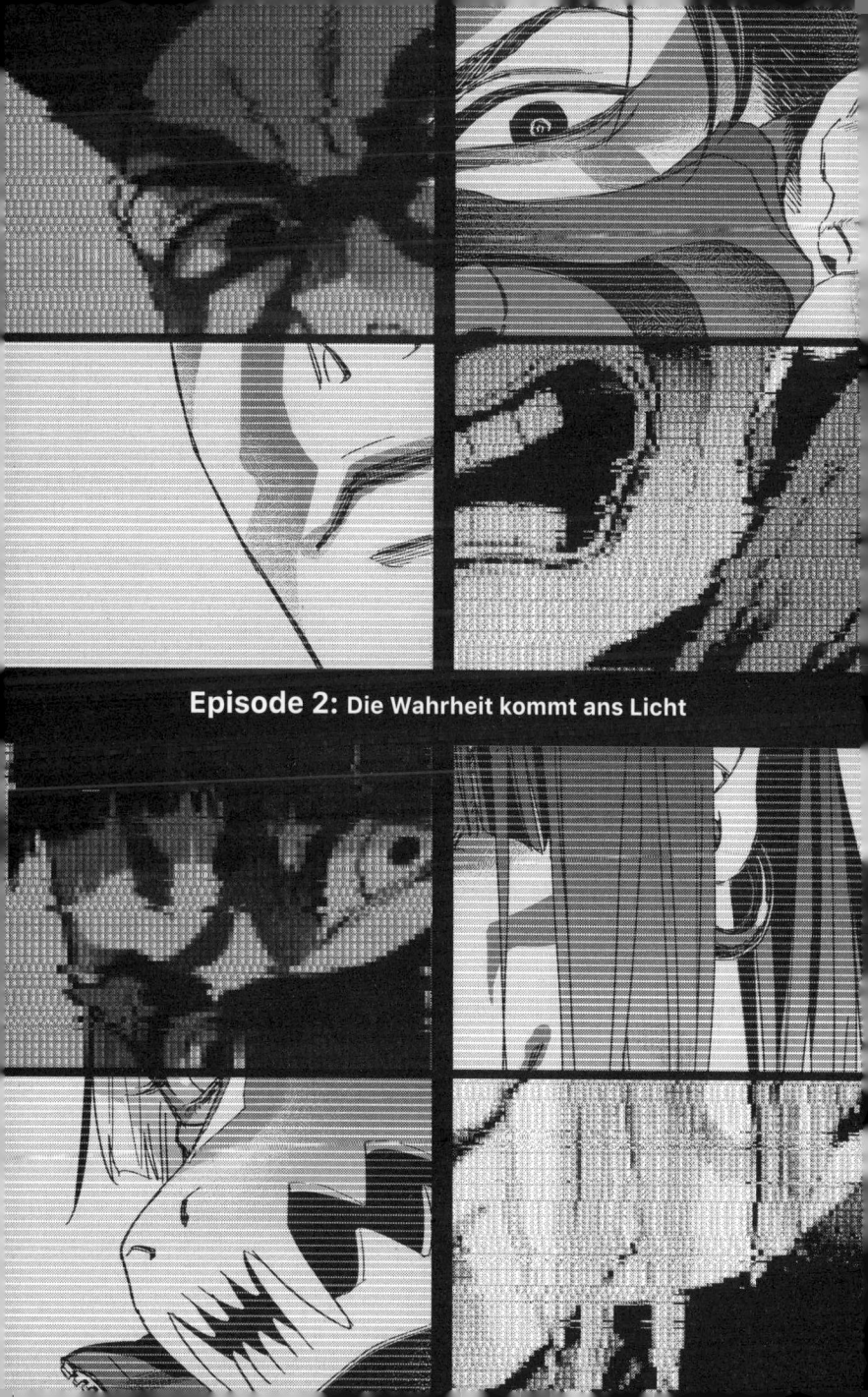

Episode 2: Die Wahrheit kommt ans Licht

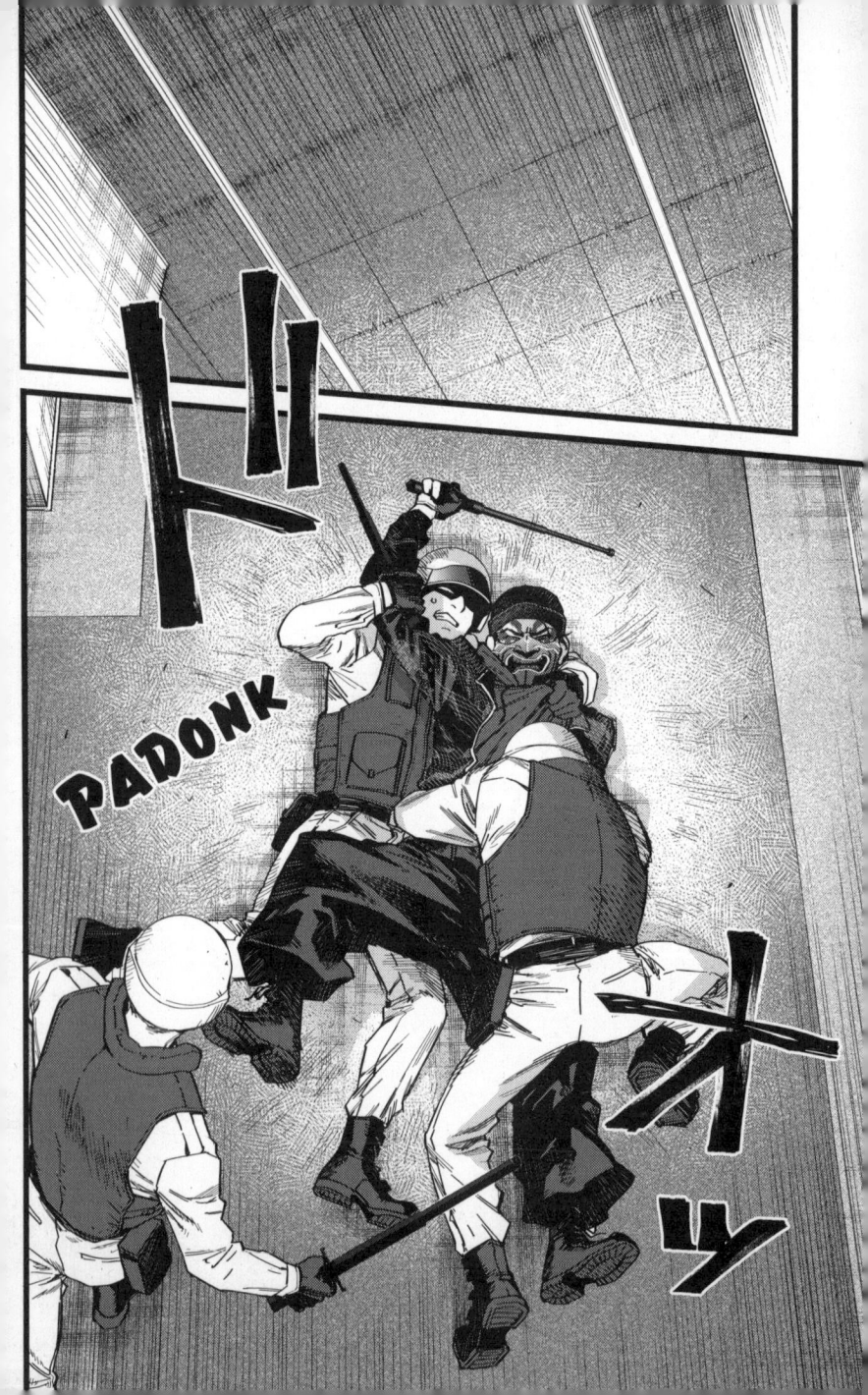

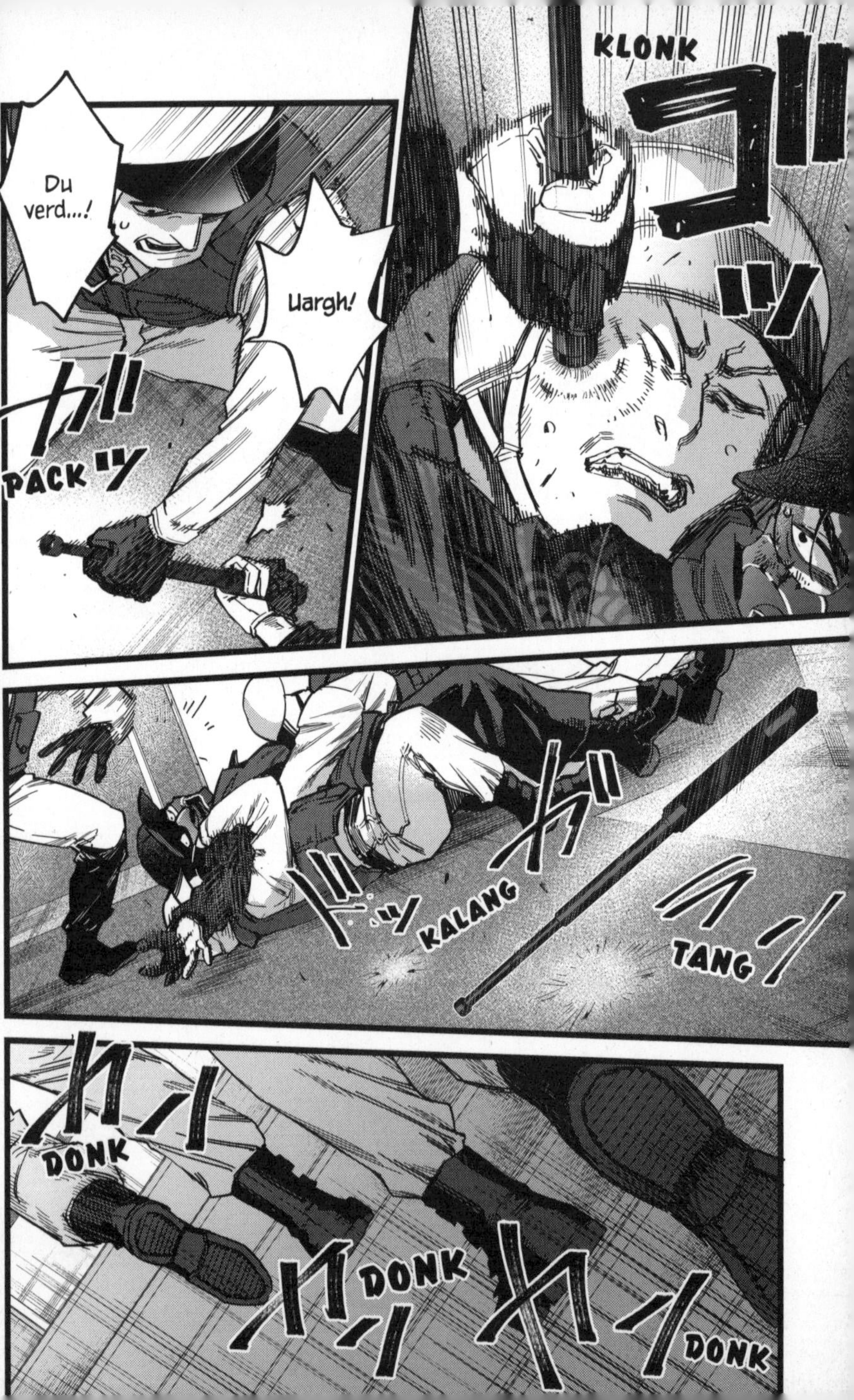

52

Hast dir ja ziemlich Zeit gelassen.

ZACK

Hab ich dich!

Und? Hast du die Daten?

Was denkst du denn?

Hab außerdem noch was anderes mitgehen lassen!

Also dann, machen wir die Biege.

KI

HIUU

Es ist mir eine Freude zu verkünden.

... dass wir eine Technologie zur Vorbeugung von Kriminalität implementieren werden ...

Ein neues Tief der Verbrecherrate und schnellere Reaktion auf Katastrophenfälle ...

Die Verdienste von J-ctOS nehmen kein Ende!

Es schützt nicht nur die Bewohner der Stadt, sondern trägt auch zur Verbesserung der Infrastruktur bei!

... um unser Tokyo mit »J-ctOS 2.0« zu einem sicheren ...

Stromversorgung kappen.

J-ctOS infiltrieren.

65

Aber hey, dank all diesem Mist ist Taniyama Bürgermeister geworden!
Hatten wir nicht schon genug von diesem Dreck?!
Aber nee, Taniyama meinte, dass wir noch mehr davon fressen sollen!
FLATSCH
Wir wissen, dass er die Wahl gefälscht hat!
Seht euch die Beweise selbst an!
Das ist die unbestrittene Wahrheit!

Gleichzeitig weiteten Hackergruppen ihre Aktivitäten aus, um gegen diese Zustände zu rebellieren.

Zu diesen Gruppen zählt auch »TYO DedSec«.

Wohin sie auch gehen, was sie auch kaufen, mit wem sie sich treffen oder unterhalten würden – all dies wurde ab sofort lückenlos aufgezeichnet.

Doch sie zahlten einen hohen Preis.

Privatsphäre wurde zu einem Fremdwort.

Offiziellen Aussagen zufolge ...

... könnte sie wegen solcher Hackerangriffe die Bereitstellung korrekter Informationen nicht garantieren.

Wahrscheinlich ist ihr Plan, so zu tun, als wär nix passiert.

Am Ende ...

... hat Blume Japan verkündet, die Pläne zur Digitalisierung der Wahlkampagne zu verwerfen.

Dann war die Aktion also umsonst?

SCHLÜRF

Aber nicht doch!

Dass die Kerle von Blume ihren Schwanz einziehen, ist gar kein übler Ausgang.

BZZZ

Aber immerhin haben wir ihnen eines ihrer Spielzeuge weggenommen, mit denen sie die Wahlen manipulieren wollten.

Wir können zwar erst mal nichts mehr tun ...

WATCH DOGS
T●KYO

– Ein Jahr zuvor –

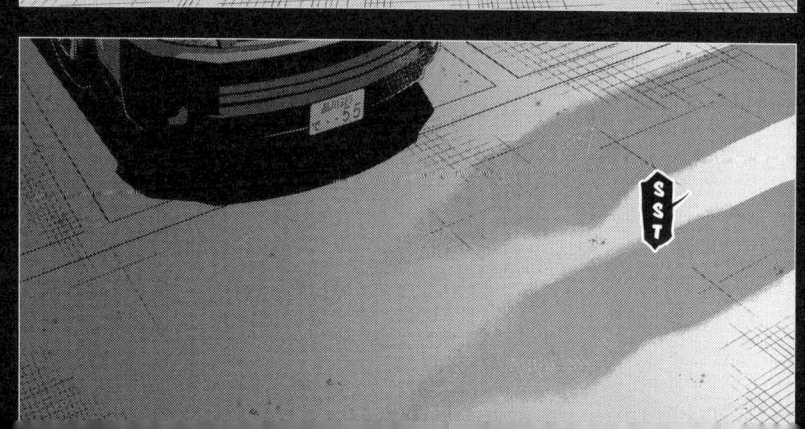

Zeig dich.

SST

Wer bist du?

UIII
Wir ziehen uns zurück.
UIII
TACK
Verstanden.
UIII
TACK
TACK
SST
UIII
UIII
KLICK
UIII
Bist du okay?
UIII
UIII

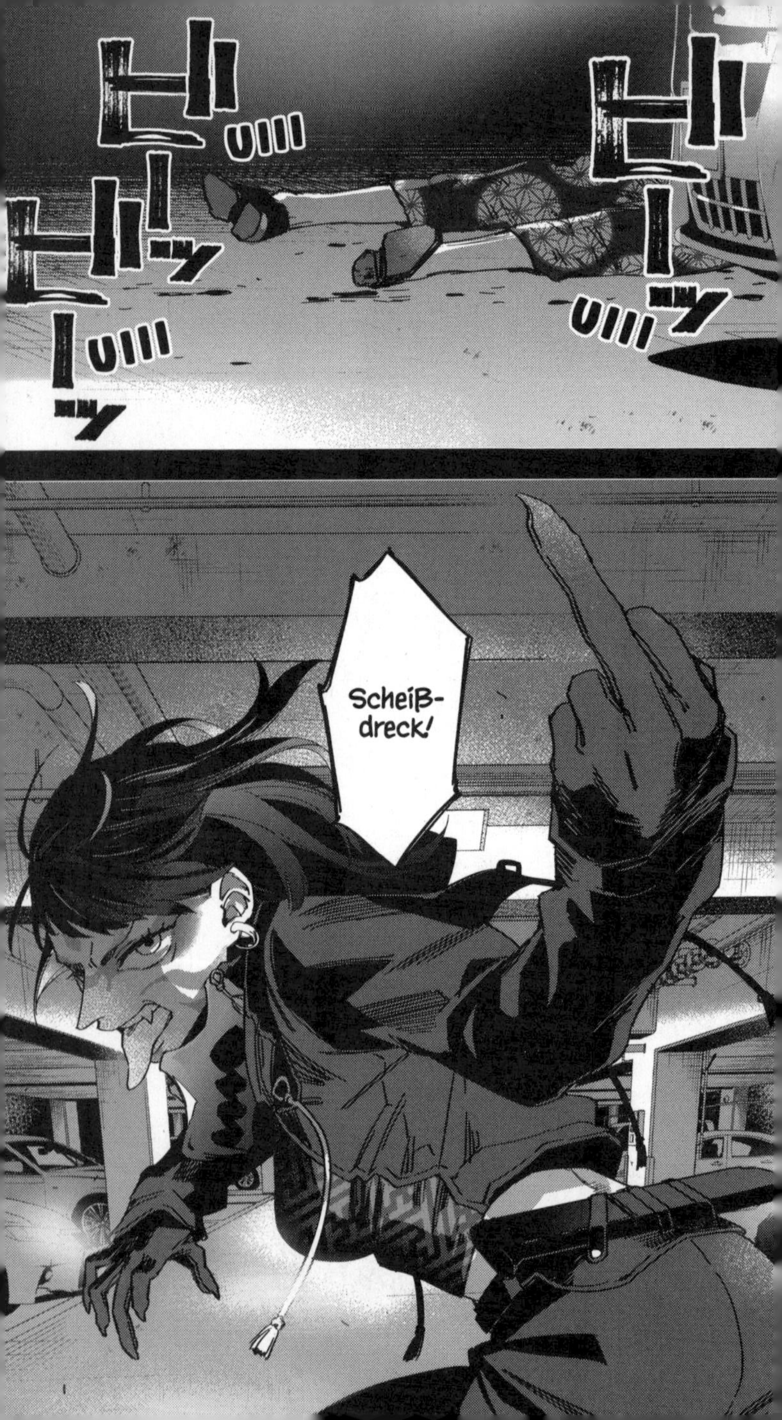
UIII
UIII
UIII
Scheiß-
dreck!

Episode 3: Ermittlungsfall J-ctOS

► START

PASSWORT

EINSTELLUNGEN

Wir sind fertig mit der Untersuchung.

Ihr könnt rein.

Das Opfer soll mit der Yakuza* in Verbindung stehen.

SCHEPP

SCHEPP

*japanische Mafia

Deshalb hat man euch extra hergerufen.

Gut erkannt.

Hauptstadt-präsidium Division gegen kriminelle Vereinigungen (KVD) Polizeimeister Motobe

Das ist übrigens der Typ, der über das Opfer ermittelt hat.

Hab ich recht, Goda?

Jawoll.

Gerade für so was kann man Neulinge wie ihn gut gebrauchen.

Statt-dessen verschwen-det er sein Talent an die Ya-kuza.

Der Kerl hier könnte locker bei den Olym-pischen Spielen mitmi-schen.

Tatsäch-lich war ich nur im Halb-finale.

Als Student sollst du es ins Fina-le der Na-tionalmeis-terschaft im Judo geschafft haben.

Du bist also Goda-kun*?

In letzter Zeit haben wir nicht viele Neuzu-gänge bei der Polizei.

PAM
ドスス
ドス
PAM

*Anrede für Jungen und jüngere Männer

Hier.

Das ist er.

93

Es handelt sich hier um Kijima.

Ich habe keine Zweifel.

Ermittlungs-
kommission
zum Gotanda-
Wohnhaus-
Mordfall in
Beziehung zu
Syndikaten

WUOOOO

Kosei
Kijima.

Weiter-hin ...

Laut den In-fos der KVD ...

Zweiggruppe des Kanto-Seigo-Clans Asakusa-Torigoe-Familie

Torigoe

... soll er Verbindungen zur Asakusa-Torigoe-Fami-lie haben, einer Zweiggruppe des Kanto-Seigo-Clans.

Seine Hauptauf-gabe war es, finanzielle Mittel zu gewähr-leisten.

Dank der uner-müdlichen Anstren-gungen von Blume Japan ...

Sie wur-den dazu be-stimmt, den ersten Ermitt-lungsfall mit J-ctOS-Tech-nologie durch-zuführen.

... erhalten Sie über die Ermittlungs-kommission Zugriff auf sämtliche relevante Daten.

Leiterin des Ermitt-lungsanaly-se-Zentrums Ayashiro

96

Leiter der Ermittlungsdivision 1 – Todo

Die Blume Corporation hat uns bereits Bericht erstattet.

MURMEL

MURMEL

MURMEL

MURMEL

J-ctOS hat in Umgebung des Tatorts ...

... bereits mehrere Personen erkannt, deren Namen in unserer Fahndungsliste vermerkt sind.

Was den Täter angeht, hegen wir bereits einen schweren Verdacht.

TACK

TACK

TACK

WUOOO

ZZZZZ

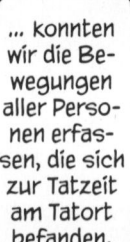

... konnten wir die Bewegungen aller Personen erfassen, die sich zur Tatzeit am Tatort befanden.

Seit der Einführung von J-ctOS ...

BIEP

BIEP

BIEP

Früher mussten wir noch wildfremde Leute oder Nachbarn befragen.

Das System filtert uns sogar Personen heraus, die ein Interesse am Tod des Opfers haben könnten.

Das gehört nun alles der Vergangenheit an, was?

Ich verstehe.

Hier ist Rauchen verboten.

Bald müssen Ermittler nie wieder einen Fuß nach draußen setzen.

Überwachungskameras gibt es nun überall.

An Straßen, an Verkaufsautomaten.

... acht Verdächtige, die hinter Kijimas Mord stecken könnten.

Laut J-ctOS gibt es ...

Nun ja.

Was ist los?

Untergruppe des Kanto-Seigo-Clans
Asakusa-Torigoe-Familie

Die verbleibende Person ist Mitglied einer Untergruppe des Kanto-Seigo-Clans.

Mhh.

Sieben von ihnen hatten keine Verbindung zum Opfer.

Beschäftigt dich irgendwas?

Wenn man nach Big Data und all diesem Kram geht, war es höchstwahrscheinlich einer von denen, oder?

Nicht direkt, aber ...

Ich frage mich, ob es genügt, nur zu den Personen zu ermitteln, die J-ctOS herausgegeben hat.

3,300円 2,200円

...

MURMEL
MURMEL
MURMEL
MURMEL
MURMEL

Damit das klar ist: Wir springen keine Typen an, die Knarren haben!

Jawoll.

BOMP

Spielst auch noch den Coolen, huh?!

Sie sind zu gütig.

WATCH DOGS
TKYO

Episode 4: Im Alleingang

Die Ergebnisse der ballistischen Untersuchung.

Die Knarre von dem festgenommenen Typen ...

... ist die gleiche Waffe, mit der Kijima umgebracht wurde.

Trotzdem gibst du dich nicht damit zufrieden.

Das ist mir klar.

Vermutlich soll der Mord an Kijima auch die Torigoe-Familie maßregeln ...

Nein.

Unter Syndikaten kommt's vor, dass die sich gegenseitig abmurksen.

Wenn du weiter nachforschen willst, nur zu.

Vergiss aber nicht ...

... dass der Fall offiziell zu den Akten gelegt wurde!

PATT

120

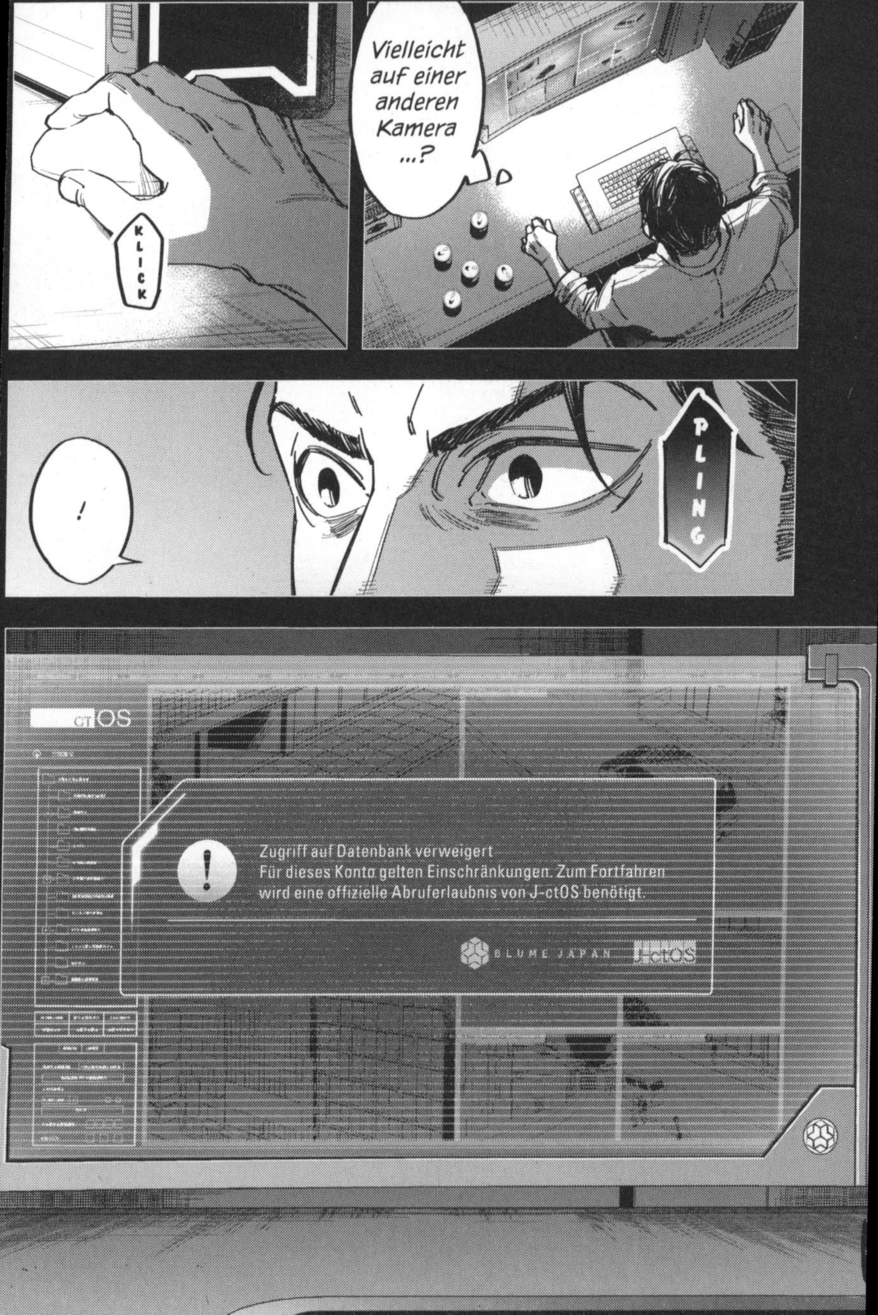

KLICK
Vielleicht auf einer anderen Kamera …?
PLING
!
ctOS
Zugriff auf Datenbank verweigert
Für dieses Konto gelten Einschränkungen. Zum Fortfahren wird eine offizielle Abruferlaubnis von J-ctOS benötigt.
BLUME JAPAN
J-ctOS

 BLUME JAPAN

Du willst, dass ich J-ctOS noch mal um eine Abruferlaubnis der Daten bitte?

Lass mich raten: Der Vizeleiter hat Nein gesagt?

Jawoll.

Das ist mir bewusst.

Mir persönlich lässt das nur keine Ruhe.

Die werden den nicht noch mal aufrollen.

Na ja, selbst die Nationale Polizeibehörde hat 'n Interesse daran, diesen Fall als Positivbeispiel für J-ctOS darzustellen.

*höfliche, geschlechtsunabhängige Anrede

Unter den Daten, die J-ctOS uns ausgespuckt hat, war aber nix dergleichen zu sehen.

Wie?

... fiel mir auf, dass wenige Stunden vor der Tat ein Wagen dreimal am Gebäude vorbeifuhr.

Als ich mir die aufgezeichneten Daten von J-ctOS noch mal angesehen habe ...

Nicht faulenzen, Motobe-san*! Alles muss raus!

WEDEL WEDEL

Tja ... und jetzt?

14:26

Yoshida Co. KG – Lagerhaus

... scheint es sich um einen Firmenwagen der Yoshida-Druckerei zu handeln, die in Shin-Ogawa ansässig ist.

Dem Nummernschild zufolge ...

Eine Art Erkundung des Tatorts?

Das ist höchst verdächtig.

Kann natürlich nur Zufall gewesen sein.

Ja, aber sie wurde mir nicht als Tarnorganisation für irgendein Syndikat aufgeführt.

Die Yoshida-Druckerei? Hast du schon 'nen Abgleich mit den KVD-Daten durchgeführt?

So läuft's nun mal in der Politik.

Aber die vom Dezernat und Befürworter von J-ctOS sind bereits dabei, den Fall der Öffentlichkeit zu präsentieren.

Goda ...

Ich vermute, dass du an irgendwas dran bist.

Jawoll.

RASCHEL

Co. KG – Lagerhaus

Yoshida Co. KG – Lagerhaus

GAAAAA

KALANK

SCHEPP

KOLONK

KOLONK

Das Gelände ist von einer hohen Mauer umgeben.

Hier scheint sich der einzige Zugang zu befinden.

KALICK

Von außen hat man gar keinen Einblick.

KATSCHAK

KATANG

Nicht direkt.

Ich ermittle zu einem Fall, der sich in dieser Umgebung ereignet hat.

Sind Sie ein Kunde?

Falls es Sie nicht stört.

Möchten Sie auch ins Lager?

Ziemlich weitläufig hier.

Aber nirgendwo ein Wagen in Sicht.

KARAMM   KARAMM

WUOOOOO

ZZZZT

ZZZZT

135

136

WATCH DOGS
T●KYO

*DedSec

SST

Hab nicht erwartet, dass das so ablaufen würde.

Ich fürchte schon.

... ein mega Depp, oder?

Also, Statist bist du zwar nicht, aber dafür ...

HEPP

スワッ

W... Was tust du da ...?!

Ein Depp, der bei der Polizei arbeitet. Hätte dich doch draufgehen lassen sollen.

Tut mir echt leid.

Ich verdanke dir mein Leben.

'Ne Rolle als Sidekick, der mir bei der Flucht hilft, ist auf jeden Fall drin.

Du bist zwar 'ne Hohlbirne, aber zumindest nicht nutzlos.

166

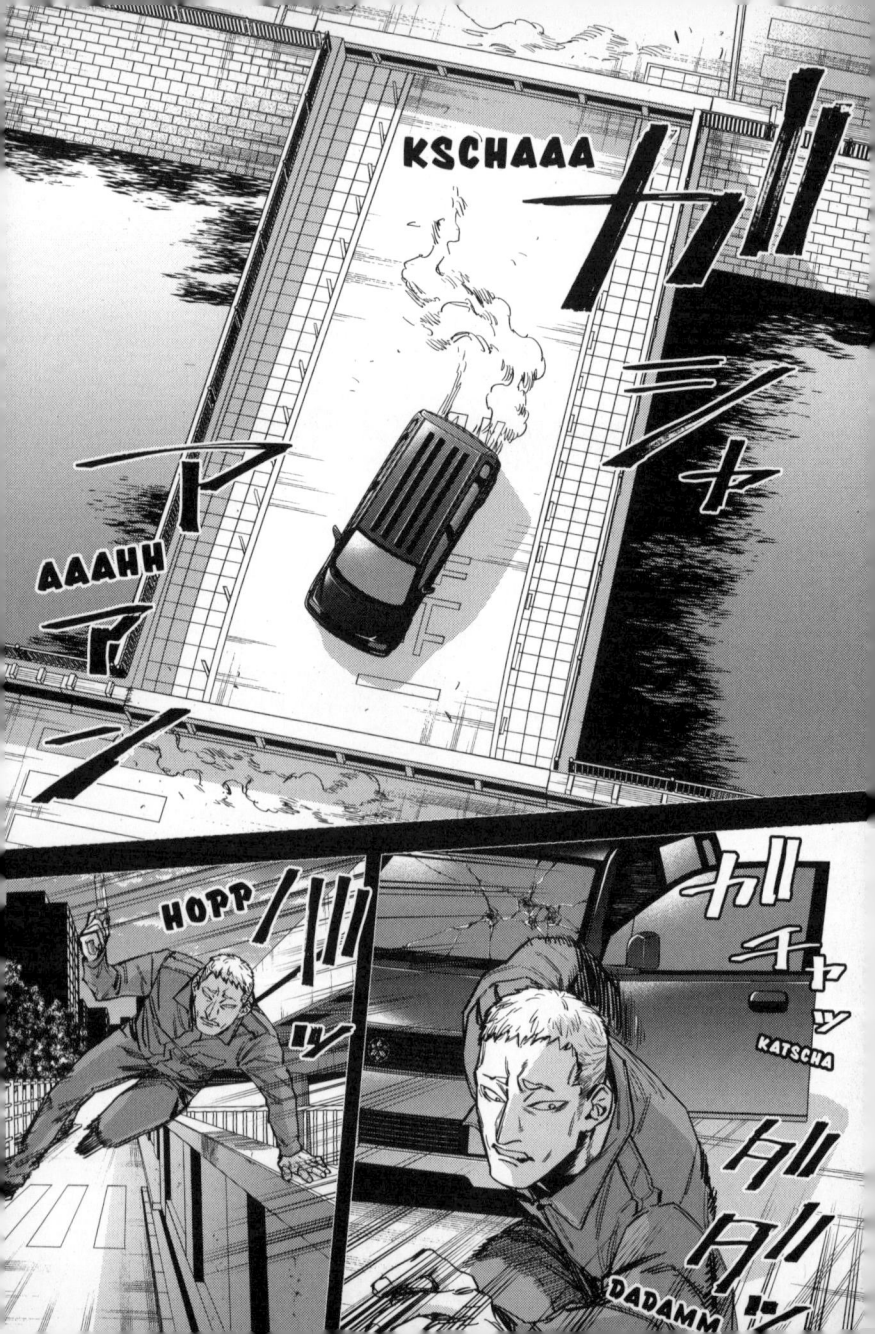

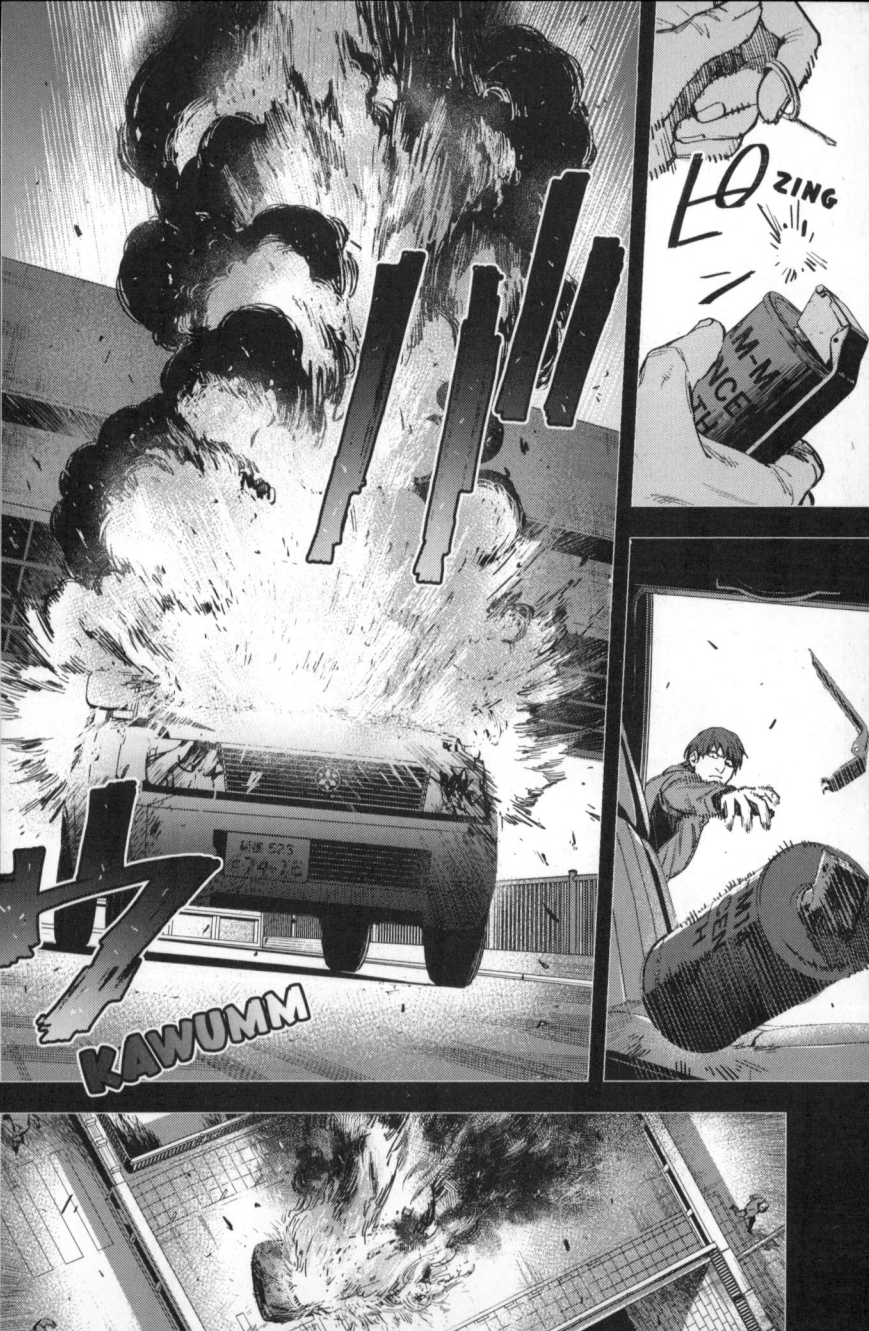

VROOMMM

Und was dann? Am Ende gehe ich nur als Statist drauf.

Danke, ich verzichte.

Wenn du das nächste Mal so 'ne Nummer abziehst ...

... solltest du dein hübsches Ding nicht vergessen!

Hauptstädtpräsidium
6. Etage der
Zentralbehörde

KVD – Division
gegen kriminelle
Vereinigungen

Dein An-
trag zur
Wiederauf-
nahme des
Falls wurde
abgelehnt,
was?

RATTER

So 'n
Pech
aber
auch.

QUIEK

Na, wie schaut's aus?

Hast du irgendwelche Neuigkeiten über unseren Goda-Polizisten?

Könnte er gefährlich werden?

Er weiß jetzt wohl, dass ich zu DedSec gehöre.

Ich hab ihn mal 'ne Weile beobachtet.

Er hat aber keine Nachforschungen über mich angestellt.

Also traust du ihm einfach?

Mal sehen.

Zumindest ...

... ist er kein Statist. Immerhin weiß er jetzt, zu wem ich gehöre ...

Und dafür musste er mich kein einziges Mal fragen, wer ich bin.

Soso, verstehe.

WATCH DOGS
T KYO

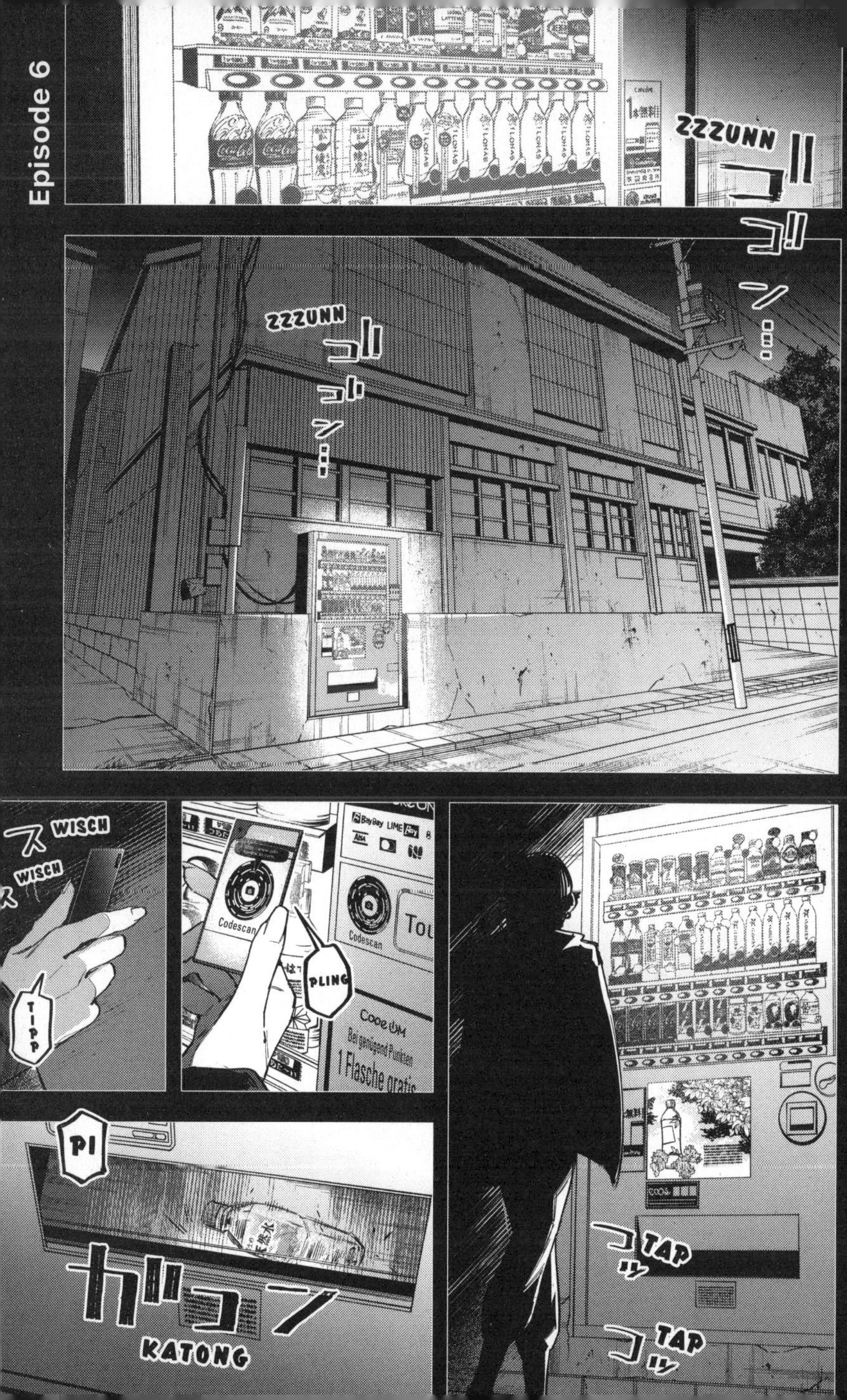

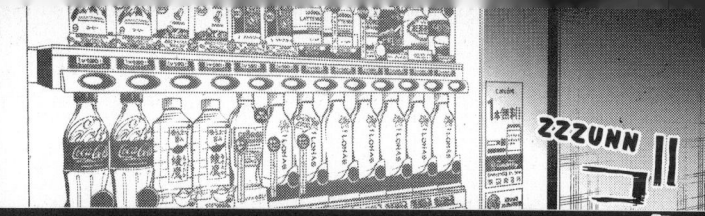

ZZZUNN

コ!!

ン

...。

ZZZUNN

コッ

コッ!

ン

...。

ス WISCH

ス WISCH

TIPP

PLING

BuyBuy LINE Pay

Codescan

Codescan

Tou

Cooe bM

Bei genügend Punkten

1 Flasche gratis

TAP

リッ

TAP

リッ

PI

カッコン

KATONG

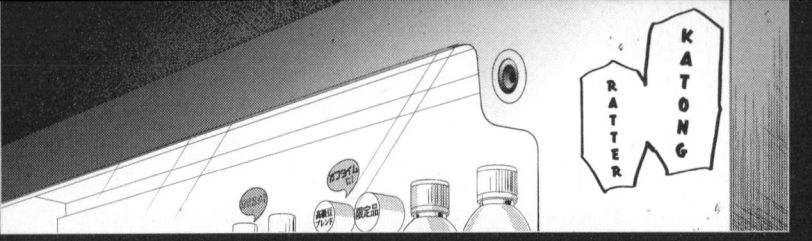

RATTER KATONG

CAM3256894 5/28 21:18

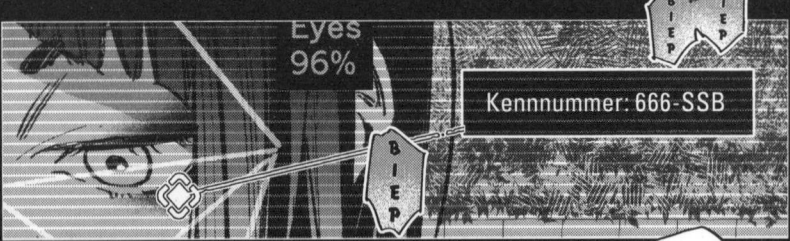

Eyes
96%

Kennnummer: 666-SSB

BIEP BIIEP

MERA 1

Forehead 99%

Eyes 96%

Kennnummer: 666-SSB

Die über-
wachungs-
software
hat keine
Verfolger
erfasst.

Du
kannst
rein.

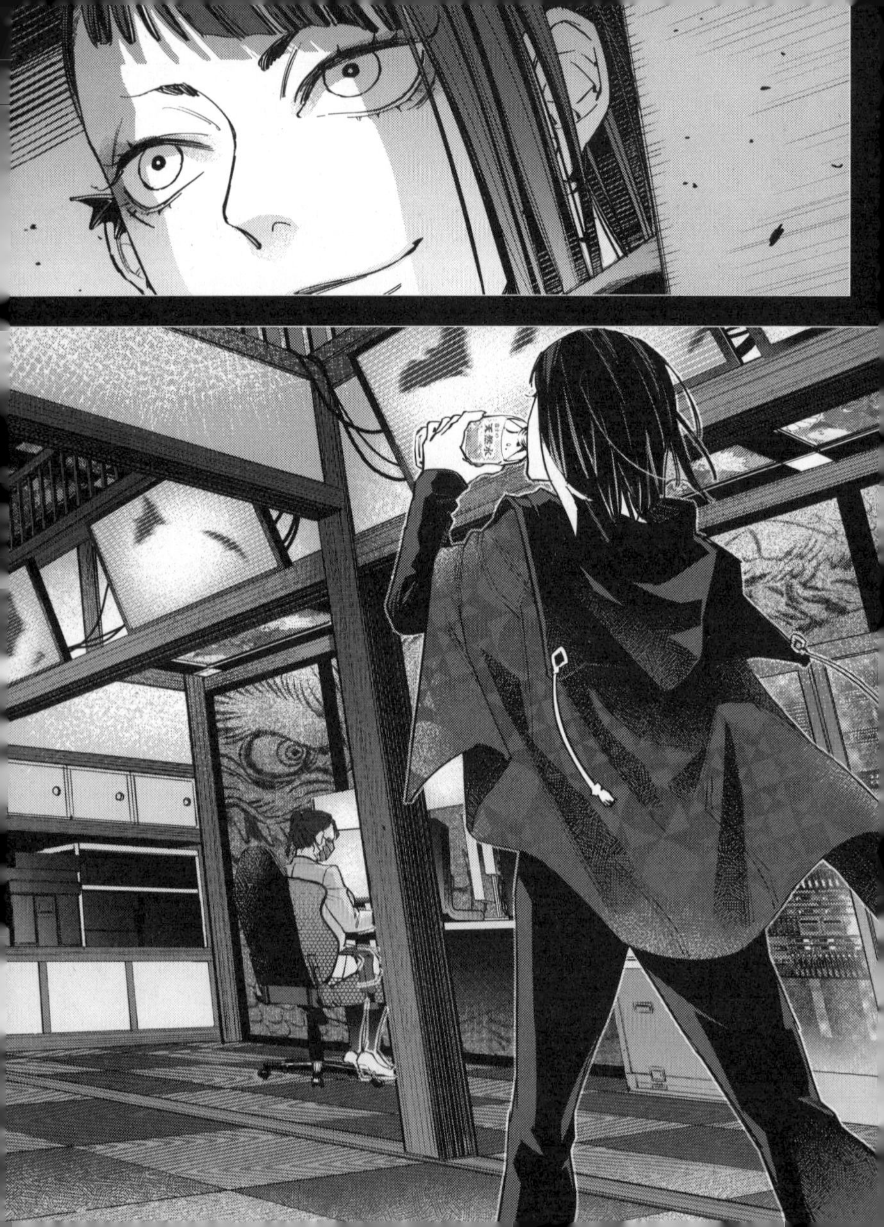

Da hast du dir aber ein paar waghalsige Manöver geleistet, SSB.

KA‼

KATSCHAK
チャ

カ‼
カ
:::
KATAMM

Ts
…!

カ‼
TAPP

カ‼
TAPP

Diese Durchsuchung erfolgt auf richterliche Anordnung.

Ihr kooperiert also besser.

Bürgermeister Taniyama ließ nicht nur J-ctOS implementieren ...

... sondern vereinbarte mit Blume Japan auch, vor den Hauptsitzen der kriminellen Vereinigungen die firmeneigenen überwachungssysteme zu installieren.

Dass wir Gangsterquartiere mit Kameras unter Beobachtung stellen, ist doch nix Neues.

Warum findest du das auf einmal besorgniserregend?

BLUME JAPAN

Mmh. Mit den Daten von J-ctOS halten wir momentan auch die Torigoe-Familie in Schach.

Wenn ein Gesetz zur Syndikatsbekämpfung erlassen wird, das die freie Verfügung der Daten von J-ctOS erlaubt ...

... hat die Yakuza so gut wie keine Chance.

Blume erlangt durch ihre überwachungssysteme sehr viel Macht.

... ob diese Daten auch vertrauenswürdig sind?

Aber woher wissen wir ...

TOCK
TOCK

Ich wollt nur fragen, wie's läuft.

Hab leider nix Interessantes zu berichten.

Ach, Motobe-san. Was gibt's?

ZZZZT

Dachte, dass ihr deshalb eure Hände im Spiel habt.

Ihr seid doch immer wieder aneinandergeraten.

Die Torigoe-Familie hat ganz schön Schiffbruch erlitten, was?

Aber ihr hattet Stress mit ihnen, als der Seigo-Clan 'nen neuen Chef bekam.

Irgendwie genießt du ihre Niederlage also schon, oder?

Bin kein Yakuza, also hab ich auch keinen Plan.

Hast dir ja 'ne hübsche Anzahl an Followern angelacht.

Und ein Geschäftsmann schreibt in sein Social-Media-Profil, dass er der beste »Nutten-Netzwerker« weit und breit ist?

Ich bin nur ein einfacher Geschäftsmann.

Jetzt unterstellen Sie mir aber was.

Jawoll.

... den Mord an Kijima ausgeführt hätten, oder?

Du meintest doch, dass diese Lagerhaus-Typen ...

Scheint, als hättest du Recht behalten.

...

Trotz-
dem soll-
test du
von wag-
halsigen
Aktionen
absehen.

Wenn's
diese Fixer
mittlerweile
auch in To-
kyo geben
sollte ...

... muss
selbst ich
erst mal
schauen,
wie vorzu-
gehen ist.

Jawoll.

Was die
Chefetage
im Präsi-
dium und
Blume Ja-
pan da ab-
ziehen ...

... ist in-
zwischen
zu sehr mit
der Politik
verwoben.

Als
einfache
Polizisten
können wir
da nicht
viel tun.

215

Dürfte ich mich für heute vom Dienst abmelden?

Verzeihen Sie, Motobe-san.

Wie?

Oh, klar doch. Steht ja nix mehr an.

Verstehe. Dann mach's gut.

Mir ist eingefallen, dass ich noch verabredet bin.

Ja.

Hast du noch was vor?

Ich wünsche einen angenehmen Feierabend.

*Shinjuku **Shinjuku-Bahnhof: Eingang Ost

WATCH DOGS
T⬤KYO

01 – Ende

Forsetzung folgt

TOKYOPOP GmbH
Hamburg

TOKYOPOP
1. Auflage, 2024
Deutsche Ausgabe/German Edition
© TOKYOPOP GmbH, Hamburg 2024
Aus dem Japanischen von Tony Toshimitsu Tran

© 2024 Ubisoft Entertainment.
All Rights Reserved.
Watch Dogs, Ubisoft and the Ubisoft logo are registered
or unregistered trademarks of Ubisoft Entertainment
in the U.S. and/or other countries.

Redaktion: Aranka Schindler
Lettering: Vibrant Publishing Studio
Herstellung: Rita Geers
Druck und buchbinderische Verarbeitung:
CPI–Clausen & Bosse GmbH, Leck
Printed in Germany

Wir achten auf die Umwelt.
Dieses Produkt besteht aus FSC®-zertifizierten
und anderen kontrollierten Materialien.

ISBN 978-3-8420-9684-4

www.tokyopop.de

ASSASSIN'S CREED DYNASTY

Zhang Xiao / Xu Xianzhe / Ubisoft

Rettung einer Dynastie

Assassine Li E kämpft im Verborgenen für den Frieden und das einfache Volk, als die Tang-Dynastie im 14. Jahr der Tianbao-Ära (755) im Bürgerkrieg versinkt. Er wirft all sein Können in die Waagschale, um dem übermächtigen Gegner Einhalt zu gebieten. Ist ein Einzelner in der Lage die Krise abzuwenden? Ein Abenteuer in einer der faszinierendsten Epochen der chinesischen Geschichte!

STOPP!

**Dies ist die letzte Seite des Buches!
Du willst dir doch nicht den Spaß verderben
und das Ende zuerst lesen, oder?**

Um die Geschichte unverfälscht und original-
getreu mitverfolgen zu können, musst du es
wie die Japaner machen und von rechts nach
links lesen. Deshalb schnell das Buch um-
drehen und loslegen!

So geht's:

Wenn dies das erste Mal sein
sollte, dass du einen Manga
in den Händen hältst, kann dir
die Grafik helfen, dich zurecht-
zufinden: Fang einfach oben
rechts an zu lesen und arbeite
dich nach unten links vor.
Viel Spaß dabei wünscht dir
TOKYOPOP®!